EYES

of

HOPE

오태석 · TAESEOK, OH

중학교 3학년 때 사진 프로그램을 처음 접하며 사진 세계에 빠져들었다. 더 깊은 세계를 알고 싶어 서울예술대학교에 진학해 4년간의 사진전공 학사과정을 마쳤다. 시각 분야에서 앞으로 하고 싶은 일을 고민하며 꾸준히 활동 영역을 넓혀나가는 중이다.

전다형 · DAHYEONG, JEON

초등학교 6학년 때 사진을 처음 접했다. 현재 계명대학교에 재학하여 꾸준히 사진을 공부하고 있으며, 졸업 후에는 사회에 영향력이 있는 사진작가가 되는 것이 꿈이다.

박민초 · MINCHO, PARK

어렸을 때부터 컴퓨터와 만들기 등에 관심이 많았다. 더 넓은 세상에서의 취향 찾기를 위해 다양한 공부에 매진 중이며, 현재 대학 진학을 위해 고군분투 중이다.

본 책은 자립준비청년 세 명이 전하는 나눔가치 실천의 기록입니다.
자원봉사자들의 도움으로 어려서부터 카메라를 접했던 것을 계기로 꾸준히 사진을 찍으며 사진을 전공하고, 새로운 꿈을 품게 된 세 명의 자립 준비 청년이 이후 캄보디아 해외 봉사를 떠나 현지 아동에게 사진을 가르치며 나눔의 선순환 가치를 실천하는 모습을 그려내고 있습니다. 아이들과 함께하며 많은 것을 배우고 느낀 이들의 이야기와, 해외 봉사 수업을 통해 생애 처음으로 세상을 바라보는 또 다른 눈인 카메라와 렌즈를 접한 아이들의 순수함을 포토에세이 <새로운 세계>를 통해 만나보세요.

EYES OF HOPE
: 새로운 세계로부터

CONTENTS

PROLOGUE

코로나가 터지고 우야무야 졸업을 하자마자 무엇을 할지 모르는 차에 좋은 기회로 알게 되어 코이카 YP 인턴십 프로그램을 지원하게 되었다. 원래 비영리 쪽 분야에 관심은 있었지만 자세히 알지는 못했다. 하지만 7개월 인턴십을 경험하면서 비영리 NGO 생태계에 대해서 어느 정도 이해하게 되었으며 YP 인턴십 프로그램을 진행하던 도중 코이카에서 해외 봉사단 파견을 재개한다는 소식을 듣게 되었다. 지도에서만 보던 개발도상국이란 나라들에 직접 몸과 마음을 담아 생활한다는 것이 어떤 것일지, 두려우면서도 막연한 궁금증이 생겼다.

과연 1년 봉사활동이 나의 인생에서 어떤 의미를 가져다줄 수 있을 것인가? 코로나로 인해 모든 해외 출국이 자유롭지 못하던 지난 2년 동안 내적으로 쌓여왔던 출국에 대한 갈망이 적지 않았고, 더불어 해외 봉사에 대한 호기심과 기대가 나를 설레게 하였다. 하지만 동시에 1년여 시간 동안 개발도상국에서 나의 청춘을 보내게 되면 혹시나 주변 친구들의 행보보다 뒤처지지는 않을까? 라는 불안함이 엄습했다.

하지만 이 모든 걱정들과 우려는 나의 상상에서만 이루어지는 것이 아닌가. 무엇이든 해보지 않으면 모르는 것이 아닌가. 직접 가서 겪고 경험해 보지 않는 이상 해결되지 않을 고민들이란 생각이 들었다. 그래서 나는 수많은 번복과 고민을 통해 결국 봉사활동을 가기로 결심했다. 그 순간, 문득 17세 고등학교 시절, 10년 후에 무엇을 하고 있을지 막연히 나의 미래를 상상해서 적었던 수업 시간이 떠올랐다. 그때 나는 개발도상국에 가서 봉사활동을 1년 했을 것이다라고 적었었다. 그렇게 별생각 없이 상상했던 나의 10년 후에 모습들이 실제 나의 10년 후에 모습과 겹쳐지게 되는 순간이었다.

봉사활동을 가겠다고 마음을 먹자, 그제서야 새로운 세계에 대한 궁금함을 넘어, 현장의 상황이 궁금해졌다. 부끄러운 사실이지만 캄보디아를 간다고 결정하기 전까지 나는 캄보디아가 어디에 위치해있는지 정확히 몰랐으며 무슨 언어를 쓰는지도 몰랐다. 그만큼 나는 캄보디아에 대해 무지했고, 이 나라는 나와 상관이 없다고 생각하며 살아왔던 것이다. 캄보디아에 대해서 알게 되면 될수록 다른 문화, 다른 언어, 다른 기후 등 모든 것이 새로운 이국땅에서 8개월을 보내야 한다는 현실이 체감되었다.

처음 캄보디아에 내렸을 때 느낌은, 상상했던 더위보다 무척 덥다는 것이었다. 습도가 높아 한 달가량은 고온다습한 기후에 적응하느라 애를 먹었다. 나는 더위에 굉장히 약하다. 근데 에어컨도 없는 곳에서 8개월간

TAESEOK, OH

생존해야 한다니? 나에게는 말 그대로 고역이었다. 하지만 사람은 극한의 환경 속에서 적응할 수 있는 최소한의 능력이 있다고 하질 않는가. 8개월간 캄보디아에서 봉사활동을 하며, 나는 나의 생존능력이 생각보다 훌륭하다는 것을 깨닫게 되었다.

제일 힘들었던 것은 뜨거운 햇빛에 적응하는 것이었다. 햇빛이 이토록 따갑고 아플 수 있다는 사실을 왜 누구도 알려주지 않았을까? 캄보디아 적응 초기에는 신체의 모든 곳을 가리고 다닐 만큼 햇빛 적응에 어려움을 겪었다. 그러나 시간이 지날수록 그냥 맨살을 햇빛에 노출하고 다니는 게 익숙해졌다.

내가 지낸 곳은 캄보디아 수도 프놈펜에서 4시간 거리에 있는 "뽀삿"이라는 지역이었다. 이곳은 캄보디아 내에서 네 번째로 큰 도시이지만 우리나라 읍내와 같은 정겨운 분위기를 가지고 있다. 이곳에서 나는 사진과 미술 선생님으로 방과 후 아이들을 가르치는 일을 맡게 되었다.

사진과 미술 수업은 주로 10세 – 13세 초등학생 아이들과 함께했다. 캄보디아어를 몰랐던 나는 언어적으로 아이들과 전혀 소통이 되지 않았고, 그래서 우리는 주로 눈빛과 이미지로 대화를 이끌어 나갔다. 그것으로도 해결되지 않을 경우엔 구글 번역기의 도움을 받아 간신히 소통을 하며 수업을 진행해 나가게 되었다.

아이들은 사진기와 처음 대면했을 때 무척 신기해했다. 아이들은 사진기는커녕, 나를 만나기 이전까지 자신의 휴대폰조차 없었기 때문에 사진을 보고 찍는 행위를 낯설고 신선하다고 느낀 것 같았다. 사진 수업을 한다는 핑계로 아이들과 마을 이곳저곳 다양한 곳에 갈 수 있었고, 이 기회로 나는 캄보디아를 더욱 속속들이 알 수 있었을 뿐 아니라, 이곳에서 태어나 다른 지역으로 한번도 이동을 해 본 적이 없는 이곳 아이들은 그 핑계로 잔잔한 소풍을 떠날 수 있었다.

차량으로 이동하는 경험도 처음인 아이들은 처음 차를 타고 이동하기 위해 차 문 앞에 섰을 때 아이들은 차 문 여는 법도 몰랐다. 멀미로 인해 대부분의 아이들이 고생했던 것은 어쩌면 당연한 일이었다. 급기야 다음 출사 때 차를 타고 가면 안 가겠다고 떼쓰는 아이도 생겼다.

나는 사진 수업을 하면서 기술적으로 사진을 찍는 법을 알려주기보다 사진을 통해 아이들의 상상력과 창의
성을 길러줄 수 있기를 바랐다. 사진을 찍고 자신의 생각을 글로 적는 다양한 활동을 하면서 아이들이 내일
과 미래를 꿈꿀 수 있기를 바랐다.

8개월간의 봉사활동을 마무리한 뒤 얻었던 가장 큰 깨달음은 우리의 작은 능력이 차곡차곡 모여 큰 의미가
될 수 있다는 것이었다. 마을에 가서 같이 식량도 실어 나르고 간이 체육대회를 통해 아이들과 몸으로 부딪
치고 울고 웃었던 기억들이 누군가에겐 정말 큰 힘이 되고 즐거움을 준다는 사실도 알게 되었다.

캄보디아에서 보낸 8개월의 시간은 20대 청춘으로 쉽게 하지 못할 나의 가장 큰 도전의 시절이었다. 누군가의 선생님이자 형이자 오빠로 살 수 있었던 그곳에서의 기억을 영원히 잊지 못할 것이다. 나에게 앞으로 살아갈 큰 힘을 준 캄보디아의 모든 이들에게 감사하다.

PHOTOGRAPHS
BY

나의
두 번째
유년

처음으로 차를 타고 출사를 나간 날, 아이들은 멀미로 꽤나 고생을 했
다. 그래도 처음 보는 풍경이 신기했는지, 차에서 내리자마자 연신 셔
터를 눌러댄다.

PHOTOGRAPHS BY TAESEOK, OH : 나의 두 번째 유년

1시간이 걸려 출사지에 도착하자 차에서 내린 아이들이 뛰기 시작한다. 어디로 가는지도 모른 채 달리는 모습이 즐거워 보인다. 나도 덩달아 뭐가 있을까? 생각하며 같이 뛰어본다.

깜봉루엉 베트남 수상마을의 추석은 한국과 같은 날 시작된다. 추석을
맞아 온 마을 아이들이 수상마을에서 제일 큰 배인 성당에 모였다. 아
이들은 자신의 몸집보다 큰 배를 이리저리 능숙하게 조종하며 성당으
로 다가온다.

수상마을 안에는 육지에 있는 모든 것이 존재한다. 심지어 수상 주유소도 존재한다. 하지만 시설들이 육지에 비해 열악하고 쉽게 노후화된다는 문제가 있다. 사람들은 육지와 강을 배로 오가며 물자를 나르고, 낚시를 하며 생계를 이어간다.

PHOTOGRAPHS BY TAESEOK, OH : 나의 두 번째 유년

건기와 우기를 거쳐 끊임없이 물이 차올랐다 빠지는 지역. 차 바퀴가 진흙 속에 걸려 공회전을 하더라도 큰일
이 아닌 듯 능숙하게 상황을 해결한다. 힘든 상황. 그럼에도 이겨나가는 힘은 어디서 오는 것일까?

뽀삿 시내에서 툭툭을 타고 나가면 드넓은 평야 가운데 마을 학교들이 위치하고 있다. 시내의 학교와 확연히
다른 열악함이 느껴지지만, 아이들의 웃음은 여느 아이들처럼 한없이 순수하고, 보석처럼 반짝인다.

안나스쿨 주변에 위치한 웅덩이는 우기 시즌에만 생기는 특별한 수영
장이다. 웅덩이는 겉으로 보기엔 깊어 보이지 않지만, 실제로는 아이들
키만큼 깊다.

교실 앞 바닥에 선명히 새겨진
HOPE라는 단어가 캄보디아 교
육의 전부를 말해준다.

PHOTOGRAPHS
BY

뽀삿의
시선

뽀삿 안나스쿨에서 오태석 작가와
사진 동아리 활동을 함께 한 캄보디아 아동들이 촬영한 사진입니다.

Keav Somnang

Keav Somnang

Kourn Vechekka

아이들의 사진에는 자유로움이 있다. 정해진 틀이 없는, 세상을 바라보는 아이들의 시선이 고스란히 담겨있다.

바깥을 뛰어놀 때면 아이들은 신발을 벗어 던진다. 바스락거리는 풀과,
젖은 흙을 고스란히 느끼면서 아이들은 더욱 자유로워진다.

Keav Somnang

Kourn Vechekka

Ju Pich

Keav Somnang

Keav Somnang

렌즈에 붉은색 셀로판지를 대자 매일 보던 풍경이 모두 붉은빛으로 물
든다. 색만 바뀌었을 뿐인데, 아이들은 완전히 다른 세상을 보는 것처
럼 시끌시끌하다.

Keav Somnang

Keav Somnang

Ban Bunsaen

아이들과 야외에서 사진 수업을 하다 보면 신기하게 바라보는 시선들이 종종 느껴진다. 한 아이도 그걸 느꼈는지 뽐내듯 사진기를 손에 쥐고 포즈를 잡는다. 그 모습이 귀여우면서도, 사진기를 낯설어하던 아이들이 어느새 자연스럽게 사진을 찍는 모습에 뿌듯해진다.

Poly Sreynae

Vek Rakeattysak

뽀삿 아이들은 이곳에서 나고 자라 더 넓은 세상을 보고 싶다는 생각조
차 하지 못한다. 우리의 작은 손짓이 모여 더 넓은 하늘을 바라볼 수 있
게 되길 바란다.

Kourn Vechekka

Ban Bunsaen

PROLOGUE

대한민국 인천국제공항에서 시작된 날갯짓이 캄보디아 프놈펜이라는 머나먼 이국땅에서 멈추었다. 몇 마디 밖에 내뱉을 줄 모르는 영어 실력으로 진땀 흘리며 입국심사를 마친 후, 짐을 챙겨 공항을 나섰다. 제일 먼저 나를 반겨준 것은 습함과 현지인들의 눈빛이었다. 그들은 피부색이 다르고 짐이 상상 이상으로 많은 나를 보며 신기하듯 바라보았고, 나 또한 그들을 신기하게 바라보았다. 아니, 바라볼 수밖에 없었다. 태어나서 처음 겪는 습함에 청바지 안은 찝찝함으로 가득 찼고, 이마에서는 수영이 가능할 정도의 땀이 흘러내렸다.

큰 자동차 트렁크에 지친 몸을 실어 넣은 후, 밤바람을 맞으며 낯선 이국땅에 적응할 장소로 발걸음을 옮겼다. 한국을 떠난 지 6시간 만에 먹는 진라면이 얼마나 맛있었던지 아직도 면들이 혀에서 요동치는 것 같다. 그렇게 시간이 흘러 태석이 형과 상현이는 Anne School (성 안나 학교)에서, 나와 민초, 미희는 Xavier Jesuit School (하비에르 학교)에서 봉사활동을 시작하게 되었다.

캄보디아의 언어인 크메르어와 세계 공통어인 영어까지 자유롭게 다룰 줄 몰라 소통하는 것이 원활하지는 않았지만, 몸짓을 사용하며 최선을 다해 노력했다. 우리가 맡은 것은 아이들의 미술 사진 교육이었지만, 단순히 교육적으로 접근하기보다 놀이로 접근시켜 아이들에게 최대한 편안함과 익숙함을 느낄 수 있게 배려하고 싶었다.

아이들에게 더 많은 것을 베풀고 싶어 단원들끼리 머리를 맞대어 코이카에서 진행하는 또 다른 프로젝트에 지원한 적도 있었다. 열심히 밤을 새워 기획서를 작성했지만 아쉽게 떨어지고 말았다. 하지만 포기하지 않고 다른 프로젝트에 지원해 마침내 프로젝트 비용을 얻게 되었을 때, 그때의 짜릿함과 뿌듯함이란!

그렇게 얻게 된 프로젝트 비용으로 유치원, 초등학교, 중학교, 고등학교 학생들과 선생님들의 증명사진을 찍어 그들에게 선물을 할 수 있었다. 초등학교 1~3학년 학생들과는 페인트 놀이를 통해 자신만의 옷을 디자인해 볼 수 있는 시간을 가졌었는데, 봉사활동이 끝나 귀국했음에도 그때의 아이들 까르륵까르륵 웃음소리가 귓가에 맴도는 듯하다.

지금까지의 나는 무엇이든 받는 입장이었던 것 같다. 사랑도 관심도 받는 것에 익숙했던 내가 이번 봉사활동

DAHYEONG, JEON

을 통해 나눔이라는 큰 즐거움을 배울 수 있었다. 캄보디아에서 싹 틔운 나의 나눔은 캄보디아에서 그치지 않고 앞으로 더 많은 지역과 더 다양한 사람을 향해 파문처럼 퍼져나갈 것이라 믿는다. 우리의 봉사활동이 누군가의 앞날을 향한 길조가 되어주길 바란다.

PHOTOGRAPHS
BY

기억이라는
선생님

PHOTOGRAPHS BY DAHYEONG, JEON : 기억이라는 선생님

휴일에 맞추어 단원들과 함께 시엠립으로 향했다. 봉고차 안에서 보는 풍경, 아무것도 아닌 길거리, 물에 투영된 자연. 모든 것이 편안하고 아름답게 느껴졌다.

건물의 기둥과 큰 나무들로 프레임을 만들어, 마치 창문을 통해 바깥을
바라보듯 캄보디아의 자연을 담아보았다.

PHOTOGRAPHS BY DAHYEONG, JEON : 기억하는 선생님

캄보디아에서의 봉사활동 마지막 날 졸업식이 열렸다. 졸업 가운을 입고, 졸업식을 즐기는 학생들의 모습을 담을 때마다 지난 추억들이 스쳐지나간다.

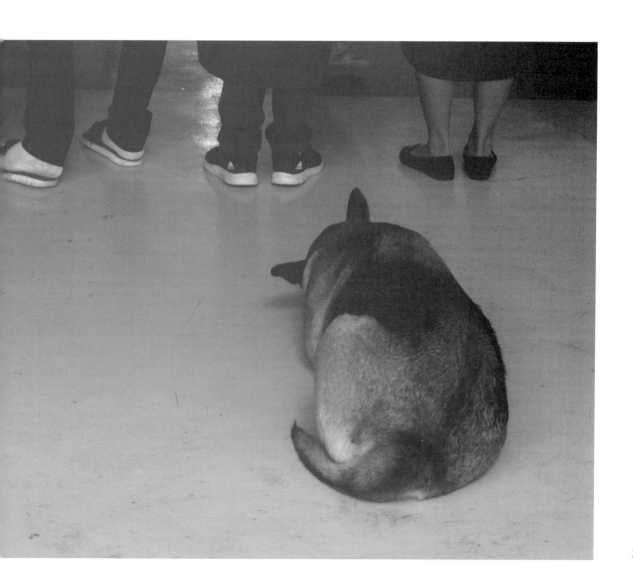

PROLOGUE

성인이 되면 선택의 결정권은 본인에게 주어지고 그 결정에는 책임이 따른다고 한다. 나의 스무 살의 가장 큰 선택은 해외 봉사활동에 지원한 것이다. 고등학교를 졸업하고 직장생활을 하던 중 지인을 통해 해외 봉사활동에 대해 알게 되었고, 새로운 것에 도전하는 것을 좋아해 해외 봉사활동에 관심이 갔다.

시작은 호기심과 근거 없는 자신감이었다.

학창 시절 매년 다양한 봉사활동을 했었기에 해외 봉사활동이라고 해서 크게 다르지 않으리라 생각하였다. 그 생각이 나를 안이하게 만들었던 것 같다.

그렇게 캄보디아로 향하는 비행기를 탔고 봉사활동은 시작되었다.

준비 과정에서 현지와 소통이 부족했었고 도착을 하니 이 점이 큰 변수를 가지고 왔다. 계획했던 모든 것은 바뀌었고 어떻게 바뀔지 모르는 상황 속에서 활동을 준비해야 했다. 많은 과정이 있었지만, 그 덕분에 초등학교 전 학년 학생들을 만날 수 있었다는 점은 행운이었다.

새로운 환경에서 익숙하지 않은 언어로 학생들과 소통하니 스스로 답답함을 느끼게 되었고 열심히 언어 연습을 하였지만 짧은 시간에 영어와 크메르어 두 가지 언어를 하기는 쉽지 않았다. 타지에서 온 말도 안 통하는 우리를 언제나 웃으며 반겨준 학생들에게서 나는 고마움과 더 큰 기쁨을 느꼈다. 반면 주변 선생님의 도움 없이는 학생들과 소통하는 데 한계가 있었다. 언어적 한계로 더 소통하지 못한 점이 아쉽고 미안했다.

캄보디아 생활에 익숙해질 때쯤 수업과 프로젝트를 시작하였다.

수업보다는 놀이처럼 다가가고 싶었고 다양한 방법으로 대상을 바라보는 방법을 공유하고 싶었다. 학기를 마무리하면서 작은 전시회와 페인트로 옷에 그림 그리는 프로젝트를 하였다. 페인트 활동을 낯설어하며 어색해하던 학생들이 나중에는 즐기며 참여해주었다. 나도 어느새 학생들과 함께 웃으며 활동을 즐기고 있었다. 놀이터에 작은 전시회도 열었는데 학생들이 본인의 작품을 자랑스럽고 뿌듯해하기도 하였고 서로의 작

MINCHO, PARK

품들을 찾아서 구경하기도 하였다.

내가 봉사활동을 하러 갔지만 나눈 것보다 그곳에서 받고 배운 것이 더 많아 감사하고 마음이 따뜻해지는 경험이었다.

PHOTOGRAPHS
BY

마음에
더하는
색

버스도 택시도 없는 이곳에서 자전거는 아이들의 가장 좋은 교통수단이다. 앞서거니 뒤서거니 하며 신나게 달리는 모습에 괜스레 나도 함께 달리고 싶어진다.

변덕스러운 하늘이 한참을 요란하
게 비를 쏟아내다 한순간 조용해
진다. 마을은 언제 그랬냐는 듯 고
요해지고, 나뭇잎에 맺힌 물방울
만이 조금 전의 날씨를 말해준다.

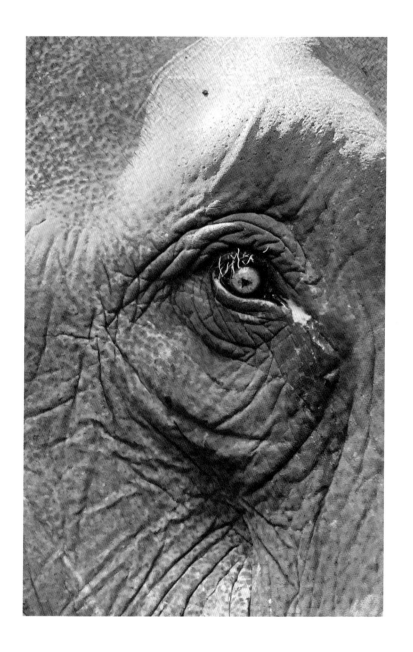

습하고 무더운 날씨에 익숙해지니 하늘과 풍경이 눈에 들어오기 시작
했다. 날씨는 가면을 쓰고, 매일 다른 모습으로 찾아왔다.

매일 같은 일상에 익숙해질 때쯤 이곳에서의 하루하루를 기록하고 싶어진 나는 하늘을 담기 시작했다.

수업을 듣는 아이들의 눈이 반짝반짝 빛난다. 아이들은 학교에서 단순
히 글자나 역사가 아닌 희망을 배우고 있었다.

PHOTOGRAPHS BY

하비에르의 시선

하비에르 국제학교에서 전다형 작가, 박민초 작가와
사진 동아리 활동을 함께 한 캄보디아 아동들이 촬영한 사진입니다.

Bun Rachna

하비에르의 아이들에게 가장 좋은 친구이자 피사체는 자연이다. 아이
들은 꽃을 친구삼아 사진을 찍고, 사진 한 장 한 장 초록빛을 담는다.

Borey Niardey

Chou Songyou

Noy Chandara

Khorn Soheng

Thean Lisa

EYES OF HOPE : 새로운 세계를무터

PHOTOGRAPHS BY XAVIER KIDS : 하비에르의 시선

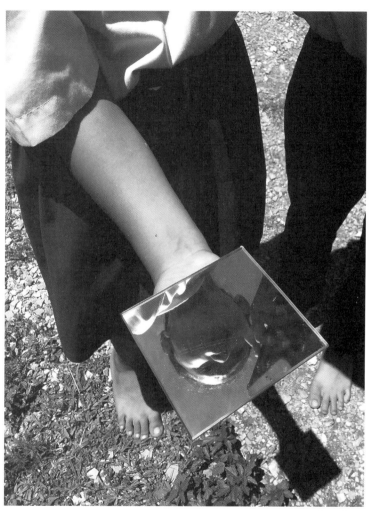

Synoun Sanay

David Somanita

Noy Chandara

Lim Phakrak Fong

셀로판지를 통과한 세상이 알록
달록하게 물든다. 평범했던 풍경
이 다양한 색으로 채워지는 모습
이 마치 피어오르는 아이들의 꿈
처럼 느껴진다.

Chang Ninanut

Sor Mengkhuong

Teth Chanmona

Samrith Sela

THANKS TO PRECIOUS KIDS

'새로운
세계로부터'를
함께 만든
캄보디아의
아이들을
소개합니다.

PURSAT KIDS

Ban Bunsaen
ប៉ាន ប៊ុនសែន

Ju Pich
ជូ ពេជ្រ

Keav Somnang
កែវ សំណាង

Kourn Vechekka
គួន វិច្ឆិកា

Leng Rithy
ឡេង រិទ្ធី

Ngaet Chanjiwon
ង៉ែត ចាន់ជីវ័ន

Poly Sreynae
ផល្លី ស្រីនែ

Soeurn Sokheng
សឿន សុខហេង

Som Orlsophanet
សំ អុលសុផានិត

Vek Rakeattysak
វ៉ែ: រៀតទី្សក្ក

XAVIER KIDS

Aoeut Mariya
អឿត ម៉ារីយ៉ា

Borey Niardey
បូរី និរតី

Bros Yet
ប្រុស យ៉េត

Bun Rachna
ប៊ុន ចេនា

Chamroeun Chinhsing
ចំរើន ជិញស៊ីង

Chang Ninanut
ឆាង នីណានុត

Chet Somnang
ជេត សំណាង

Chham Vichittra
ឆាម វិចិ្រ្តា

Chhun Dalin
ឈុន ដាលិន

Chit Channmey
ជិត ចាន់ម៉ី

Chou SoksoPheaktra
ជូ សុខសុភ័ក្រ្តា

Chou Songyou
ជូ សុងយូ

David Somanita
ដាវិឌ សុម៉ានិត្តា

Davtheam Sying
ដាវថែម ស៊ីង

Heam Julina
ហ៊ាម ជូលីណា

Kannha Chanthai
កញ្ញា ចាន់ថៃ

새로운 세계에서 만난
고마운 아이들

Khamsan Sophea
ខាំសាន្ត សុភា

Khann Sopheaktra
ខាន់ សុភ័ក្ត្រា

Khloem Sina
ខ្លឹម ស៊ីណា

Khorn Oven
ខន អូវ៉ែន

Khorn Soheng
ខន សុហេង

Kol Bora
កុល ប៊ូរ៉ា

Lai Vanndy
ឡៃ វ៉ាន់ឌី

Leng Rithysak
ឡេង ឫទ្ធិសក្ដិ

Lim Lenghour
លីម ឡេងហ្គួរ

Lim Phakrak Fong
លីម ផាក់រ៉ាក់ ហ្វុង

Ly Minh Yang
លី មីន យ៉ាង

Mach Sokhaveary
ម៉ាច់ សុខាវ៉ារី

Manna Tang Pheng
ម៉ាន់ណា តាំងផិង

Meng Koemleng
ម៉េង គិមឡេង

Na Darathevann
ណា តារាថេវ៉ាន់

Nao Sophearith
នៅ សុភារិទ្ធ

Noun Phanut
នួន ផានុត

Nouphai Angie
នូផៃ អិនជី

Noy Chandara
ណូយ ចន្ទតារា

Nut Sem
នុត សែម

Ny Yong Chhey
នី យ៉ុងឈី

Peng Sivchhay
ប៉េង ស៊ីវឆាយ

Phal Leapheng
ផល លាភហេង

Samrith Sela
សំរិត សិលា

San Sophanna
សាន សុផាន់ណា

Say Chealyka
សាយ ជាលិកា

Sen Vannsaly
សែន វណ្ណសាលី

Sok Kimsann
សុខ គីមសាន់

Sokun Lay Kemleng
សុគន ឡាយគីមឡេង

Som Serimealea
សំ សិរីមាលា

Sophen Sreyvin
ឈប់ស្រីវិន

Sor Mengkhuong
ស ម៉េងខួង

Synoun Sanay
ស៊ុន សាណៃ

Teth Chanmona
ទិស្ស ចាន់ម៉ុណា

Thang Sovanrath
ថង សុវណ្ណរ័ត្ន

Thean Lisa
ធៀន លីហ្សា

Thy Nita
ធី នីតា

Thy Sovin
ធី សូវិន

Tivea Antaracheat
ទិវា អន្តរជាតិ

Trei You Ching
ទ្រី យូជីង

Vila Rachna
វិឡា រចនា

Voeurt Lisa
វឿត លីសា

Vuth Sanfu
វុធ សានហ្វូ

Ya Channtha
យ៉ា ចន្ថា

Yom Klyean
យ៉ុម កល្យាណ

Ban Bunsaen
បុ៊ន ប៊ុនសែន

Ngaet Chanjiwon
ង៉ែត ចាន់ជីវិន

Soeurn Sokheng
សឿន សុខហេង

Poly Sreynae
ពលី ស្រីនែ

Keav Somnang
កែវ សំណាង

Ju Pich
ជូ ពេជ្រ

Som Orlsophanet
សំ អុលសុផានិត

Leng Rithy
ឡេង រិទ្ធី

Kourn Vechekka
គួន វិចិកា

Vek Rakeattysak
វ៉ែ: កៀតទីស័ក្ត

Aoeut Mariya
អឿត ម៉ារយ៉ា

Borey Niardey
បូរី និរតី

Bros Yet
ប្រុស យ៉េត

Bun Rachna
ប៊ុន រចនា

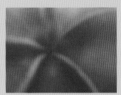

Chamroeun Chinhsing
ចំរើន ជិញស៊ីង

Chang Ninanut
ឆាង និណានុត

Chet Somnang
ជេត សំណាង

Chham Vichittra
ឆាម វិចិត្រា

Chhun Dalin
ឈុន ដាលីន

Chit Channmey
ជិត ចាន់ម៉ី

Chou SoksoPheaktra
ជូ សុខសុភ័ក្ត្រា

Chou Songyou
ជូ សុងយ៉ូ

David Somanita
ដាវីដ សុម៉ានីតា

Davtheam Sying
ដាវធាម ស៊ីង

Heam Julina
ហ៊ាម ជូលីណា

Kannha Chanthai
កញ្ញា ចាន់ថៃ

Khamsan Sophea
ខាំសាន្ត សុភា

Khann Sopheaktra
ខាន់ សុភ័ក្ត្រា

Khloem Sina
ខ្លឹម ស៊ីណា

Khorn Oven
ខន អូវ៉ែន

Khorn Soheng
ខន សុហេង

Kol Bora
កុល បូរ៉ា

Lai Vanndy
ឡៃ វ៉ាន់ឌី

Leng Rithysak
ឡេង រិទ្ធិស័ក្ត

Lim Lenghour
លីម ឡេងហួរ

Lim Phakrak Fong
លីម ផាក់រាក់ ហុង

Ly Minh Yang
លី មីន យ៉ាង

Mach Sokhaveary
ម៉ាច់ សុខាវី

Manna Tang Pheng
ម៉ាន់ណា តាំងផេង

Meng Koemleng
ម៉េង គឹមឡេង

Na Darathevann
ណា តារាថេវ៉ាន់

Nao Sophearith
នៅ សុភារិទ្ធ

Noun Phanut
នួន ផានុត

Nouphai Angie
នូផៃ អែនជី

Noy Chandara
ណូយ ចន្ទតារា

Nut Sem
នុត សែម

Ny Yong Chhey
នី យ៉ុងឈី

Peng Sivchhay
ប៉េង ស៊ីវឆាយ

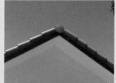
Phal Leapheng
ផល លាភហេង

Samrith Sela
សំរិទ្ធ សិលា

San Sophanna
សាន សុផាន់ណា

Say Chealyka
សាយ ជាលីកា

Sen Vannsaly
សេន វណ្ណសាលី

Sok Kimsann
សុខ គីមសាន់

Sokun Lay Kemleng
សុគន្ធ ឡាយគឹមឡេង

Som Serimealea
សំ ស៊ីមាលា

Sophen Sreyvin
ឈប់ឡើន

Sor Mengkhuong
ស ម៉េងខួង

Synoun Sanay
ស៊ូន សាណៃ

Teth Chanmona
ទិត្យ ចាន់ម៉ូណា

Thang Sovanrath
ថង សុវណ្ណរ័ត្ន

Thean Lisa
ធៀន លីហ្សា

Thy Nita
ធី នីតា

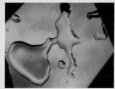
Thy Sovin
ធី ស៊ូវិន

Tivea Antaracheat
ទិព អន្តរជាតិ

Trei You Ching
ទ្រី យូជីង

Vila Rachna
វិឡា រចនា

Voeurt Lisa
វឿត លីសា

Vuth Sanfu
វុធ សានហ្វូ

Ya Channtha
យ៉ា ចន្ថា

Yom Klyean
យ៉ុម កល្យាណ

WFK PUBLIC WORK PROGRAM

KOICA는

자립준비청년 등 우리 사회의 다양한 청년들과 함께

2009년 우리 정부는 부처별로 실행되고 있던 해외봉사단 사업을 통합하여 단일 브랜드인 월드 프렌즈코리아(World Friends Korea, 이하 WFK)를 출범하였습니다. WFK 사업은 시행기관 고유의 목표에 따라 다양한 활동 내용을 구성해 운영하고 있으며, 참여 국민이 개개인의 역량과 전문성에 부합한 프로그램을 선택할 수 있습니다.

❶ KOICA 봉사단

부처	외교부
시행기관	한국국제협력단
사업설명	협력국 현지 수원기관에서 주민 삶의 질 향상, 협력국과의 협력 증진, 봉사자 자아실현
자격요건	만 19세 이상 대한민국 국적자, 일부 직종별 필수 자격증 보유자 (세부 사업별 상이)
활동기간	1~2년(세부 사업별 상이)

❷ KOICA 자문단

부처	외교부
시행기관	한국국제협력단
사업설명	민간, 공공부문 퇴직 혹은 퇴직예정자 중 기술, 지식 및 해박한 경험을 가진 자를 파견하여 우리나라 산업발전 개발 노하우 전수 프로그램
자격요건	해당분야 10년 이상 실무경력자
활동기간	1년(최대 3년)

❸ NIPA 자문단

부처	산업통상자원부
시행기관	정보통신산업진흥원
사업설명	정보통신 분야 민간, 공공부문 퇴직 혹은 퇴직 예정자 중 기술, 지식 및 해박한 경험을 가진 자를 파견하여 우리나라 산업 발전 개발 노하우 전수
자격요건	민간 공공분야 50세 이상 퇴직자
활동기간	1년(최대 3년)

❹ 과학기술지원단

부처	과학기술정보통신부
시행기관	한국연구재단
사업설명	이공계 전공 석박사 학위 소지자 중심으로 협력국 대학교, 연구소 및 기타 기관에 파견하여 공동연구 및 과학기술 관련 교육
자격요건	학사학위 이상 또는 동등한 자격이 있다고 인정되는 자
활동기간	1년(최대 3년)

❺ IT 봉사단

부처	과학기술정보통신부
시행기관	한국지능정보사회진흥원
사업설명	대학생, IT 전문가 등의 IT 인력을 개도국의 정부기관, 공공기관 및 대학 등에 파견, 국가간 정보격차 해소 기여
자격요건	만 18세 이상 청년 및 일반인
활동기간	4~6주

❻ WFK 한의약해외의료봉사단

부처	보건복지부
시행기관	대한한의약해외의료봉사단
사업설명	한의사 또는 일반봉사자를 팀으로 협력국에 파견하여 한의약을 중심으로 의료혜택에서 소외된 협력국 주민들의 건강 증진을 위한 의료봉사활동 전개
자격요건	**한의사** 만 19세 이상 국민 및 의료면허 소지자 **일반봉사자** 만 19세 이상 국민
활동기간	1주, 1~2개월

해외 봉사를 통한 글로벌 가치를 실현하고 있습니다.

❼ WFK 청년봉사단

부처	교육부
시행기관	한국대학사회봉사협의회 (이하 KUCSS), 태평양아시아협회 (이하 PAS)
사업설명	하계 및 동계방학기간 중 한국 및 현지 대학생들 간의 연계와 교류를 통해 친선과 상호이해 증진
자격요건	대학생
활동기간	2~3주

❽ WFK 교원해외파견사업

부처	교육부
시행기관	국립국제교육원
사업설명	우리나라의 우수한 교원 (현직, 예비, 퇴직자문관)을 협력국 현지 초·중등학교 등 교육기관에 파견하여 기초교육향상 지원 및 균등하고 보편적인 교육기회 제공
자격요건	**교원** 선발 분야 조교수 이상 현직 교수, 해당 분야 교원자격증 소지자 (한국어교원 자격증 포함) **자문관** 퇴직교원, 퇴직교육행정가
활동기간	1년(최대 3년)

❾ WFK 태권도봉사단

부처	문화체육관광부
시행기관	태권도진흥재단
사업설명	태권도봉사단 파견을 통한 국가의 위상과 세계평화 제고
자격요건	17세 이상~50세 이하 태권도단증 소지자
활동기간	4~5주, 6개월 이내

초판 인쇄	2023년 8월 17일
초판 발행	2023년 8월 31일
지은이	오태석, 전다형, 박민초
발행처	한국국제협력단
주소	경기도 성남시 수정구 대왕판교로 825
전화	031-740-0114
홈페이지	www.koica.go.kr
펴낸이	곽지은
편집	방수진, 이한슬
디자인	최봄미나
펴낸곳	(주)꽃씨
등록번호	제2020-000215호(2019년 1월 16일)
주소	서울특별시 마포구 포은로 117, 지1층(망원동)
전화	02-335-2182
팩스	02-323-8212
홈페이지	www.f-s.co.kr
블로그	blog.naver.com/lineman1004
인스타그램	@flowerseed_lifestyle